nina rizzi

sereia no copo d'água

jabuticaba

sereia no copo d'água

para *m.*

por todo sangue de mulher, tornei-me à água,

essa água toda.

i

[matriochka]

Reza a lenda que um artesão russo moldou uma boneca tão bonita que relutou em vendê-la. Levou-a para casa, colocou-a junto ao criado-mudo e batizou-a de Matriochka. Todas as noites, antes de dormir, o senhor perguntava se ela estava feliz. Até que certa noite Matriochka pediu um bebê. O artesão esculpiu, então, uma boneca menor chamada Triochka, serrou a Matriochka e colocou o bebê dentro dela. Na noite seguinte, a Triochka também pediu um bebê. O senhor fez uma nova boneca e colocou-a dentro da Triochka – desta vez a bebê se chamava Ochka. Assim, seguindo o caminho das outras, na noite seguinte Ochka pediu um bebê, e lá se foi novamente o senhor fazer mais uma. Desta vez, pensando que isso não iria acabar mais, o artesão fez o bebê, desenhou rapidamente um bigode nele e o chamou de Ka, garantindo que seria homem e não iria pedir um bebê novamente.

Porém, esta história é moldada por artesãs.

1.

CLAIRE

deusa da minha pele toda

Claire me dizia coisas bonitas
como
- não há beleza a ser dita

guardo sua lembrança
como o maior ou talvez maior
aprendizado infantil

- subir em burro brabo
eiaaaaaaaaa!

podíamos mergulhar
eu sempre penso Claire

nas profundezas
na umidade
no afogamento

ela não gosta de nadar
ou de nadar comigo

uma vez fomos ao mar
e eu fiquei triste e quis voltar
Claire estava muito aborrecida

mas ela toma sol
todas as manhãs
nuazinha

ela que disse
talvez para ver meus olhos

a brincar de ciclope

guardamos juntas
um quarto ainda

quarto cravejado de palavras que não se podem dizer
penhasco
                                        abismo

seria bom montar um
outro disco para ela
uma trilha toda

pra umas cem mil milhas
de road-movie
uma melancolia bonita

era bom até o medo
de fazer amor com Claire

é estranho mesmo
porque seu encanto – diz
está em meu derramamento

e ela não sabe que eu
tenho medo de tocar
a sua mão

mergulhar em seus olhos
tão úmidos

          amor
Claire me impele a dizer
coisas bonitas

quer dizer
intentar dizer
poesia

como no poema de
blanco - maybe
é isto - Claire

sonhar com você
e acordar como se tivesse
mascado seus cabelos

- poema pra dentes

bouganvilles
cobrem a caixa
de correios de Claire

e eu tenho raiva
de não ser o carteiro

que pousa entregas
na caixa de glórias
de Claire

e da espreguiçadeira
que a recebe ao sol
nuinha

dizemos tão pouco
...

mas é este silêncio que

nos habita o nome água
silêncio - Claire

2.

HOLLIE

... dói como descascar a pele

bem de-va-ga-ri-nho

meu corpo estava tão acostumado
ao o seu

até a echarpe lilás
a gravata rosa cintilante
voando do guarda-roupa até a estante

era quando a gente parava
naquele silêncio de morte
- uma morte tão bonita e breve

e ficávamos quatro
cinco ou seis horas
qui e tos co la dos
e só o farfalhar das páginas
a minha e a sua respiração

numa comunhão sem palavras
sem desejos
sem nada

era
eu e
era você

então você me olhava de ladinho
dava os seus risos
que diziam

eu sinto o teu beijo
Hollie
eu também te quero
Hollie

e deixávamos a echarpe lilás
a gravata rosa
um livro de poemas

a poesia tão nua
tão nua

e eu ria com a tua boca
pegada na minha
esse outro que você era

para os outros – tão longes
o outro que desconheço

- e que era meu

olho o amontoado de louças na pia
aos longes tão limpa
familiar

e me detenho na fruteira
com esses novos legumes
orgânicos e esse leite
que não tem leite

prontos a apodrecer
e aprendo a cozinhar
e vou a consertar a bomba
da privada

e trocar os fusíveis da velha
tevê que estava encaixotada

e vou a dançar pra você
um tango com as juntas
estropiadas e a barriga
que conta a história

de todos esses anos
a cerveja que você me fez
descobrir gostar

e as estrias que você lambia
em êxtase
              - não há nada mais feminino

sussurrava e eu
me esbaldava ser mulher

vou a dançar esse tango
como quem tenta desacostumar um corpo

se o seu psiquiatra me visse agora
me daria outro sedativo

eu não choro

eu me movo e não vou
descansar em uruburetama
em buenos aires

eu não tenho passagens
eu não tenho nada
- nem uma echarpe lilás

ela vai continuar amarrada
em seu pescoço
              suavemente

- como a minha lembrança do teu nariz quebrado
eu adorava o teu nariz quebrado

até que eu pare
reaprenda a chorar
como naquele poema que você repetia

até que reaprenda meu corpo

tão seu
tão seu

e vou a fazer todas as coisas
que você fazia
todas as coisas de uma mulher

impor minha presença
- continuidade da tua
            sem a tua

ao caixa do mercado
ao gerente do banco
aos filhos e netos que não tivemos

ao psiquiatra que diz que se quando la pareja
morre se o outro morre junto
não pode ser amor

esta presença minha sem a sua
que eu não sei não como é

visto sua gravata rosa
            silenciosamente

caminho
caminho
até o seu outro

até encontrar o corpo
tão acostumado

não sei se rio
ou sintra

3.

IVONKA

a pele dos lábios arrancada
dá-me tua mão, amigo

a república tcheca ficou longe daqui

olho para o oceano e lembro
que é a única palavra que você conhece
em tcheco

se a gente tivesse seguido
juntos naquele seu voo
talvez mamãe se sentisse menos só

ou não

penso naquela tarde na praça
brevíssima
imensa

continuo a vender flores no centro
as ruas são as mesmas
tão sujas e apinhadas

mas os tempos são outros
as pessoas já não oferecem flores
ou deixam moedas para o músico e sua voz
tão sentida
ali na esquina

eu te ofereceria todas as flores

e até te deixava ouvir essas canções
inacabadas
graves e imperfeitas

nunca mais consegui um parceiro
não quis
talvez talvez

como se esse lugar estivesse aqui
a te esperar

as músicas ainda tocam
posso ouvir de alguns bares
da casa dos vizinhos
agora mesmo até

e até na voz tão sentida ali na esquina

me sinto tão mulher
quando olho os créditos
do álbum e no piano leio apenas
- mulher

é isto afinal
uma mulher sem nome
e apenas mulher
para a música

podia ser gente é verdade
mas também é verdade
que eu me sinto mulher
mesmo sem saber dizer o que é isto

a menina já namora
- sim faz tempo
seu pai foi embora uma vez mais
faz tempo
e não deve voltar

transou uma garota que conhecia
como diz aquela história

que você me cantou
na primeira vez que andamos de ônibus

ela não pode sentir falta do que teve tão pouco
a mãe basta
é o que diz

a mim tampouco
olho o oceano e penso
a república tcheca ficou longe daqui

esta semana comecei a fazer faxina
na casa de um senador

me entusiasmo com os tantos cristais
bibelôs e pratas em que me deter
tão vagarosamente
e cada lustre
cada brilho
é uma reflexão profunda

e até a dor que sinto na lombar é boa
agacho para alcançar o fundo da cama
que não se pode arrastar
estico os pés e braços para espanar uma traça
que se esconde no alto dos armários
e então meu corpo
vibra
vivíssimo

parece difícil me imaginar assim
viva
quando não se trata do piano ou da menina?

mas eu sou sim vivíssima
cá dentro

como se a gente que eu sou
ausente e esquiva
fosse o duplo de uma outra

que não pode nunca se ver

entusiasmada parece muito?

pense numas ruas tão abandonadas
para uma vendedora de flores

esta noite vou buscar pilhas
na loja de conveniência
e escutar o cdplayer

recuperar qualquer memória perdida
daqueles dias de comunhão

ainda que o vendedor
ria desse casaco puído e masculino

é sempre mais barato
e as moedas tão poucas

e vou nos ouvir a cantar
juntos

de olhos fechados
e mãos em prece

eu agradeço
eu agradeço
eu agradeço

ao piano que me deixou antes de partir
- e que não vendi mesmo quando fomos despejadas

por não ter insistido num romance
mesmo quando ele parecia estar ali

tudo o que me deixou

a vida
meu amigo

4.

CORALINA

nossa pele água toda
carne ossos pele
como coisa única

tenho um mapa nas pernas
poros que se coçam nas axilas e virilhas

e ainda mais um mapa linhas transparentes
verdes que me sobem da barriga até os braços

disseram que eu ame o meu corpo

era bom quando o conhecia
o sangue espesso e quente que me escorria

cada dorzinha absurda
em seu devido lugar

as festinhas que me fazia em êxtase
cantando um tanto louca o *bliss* o amor
agora cá dentro um bicho que me come
dizem mulher
digo Coralina

nome destino
sereia petrificada
água e coral

Coralina é toda mole
de tão mole chega a ser dura
como negação de seu ser toda água

toda água
cheia d'água Coralina

abraço-a
mas então é toda bicho
selvagem e rígida dói-me toda

até que sou também
esse imenso recife de corais
espelho d´água toda síndrome

cabelos e pelos caem
caem   caem   caem

penso numa deusa do milho
num verso que diga
"bonecas de milho afogadas
                                        adeus"

enquanto uma agulha me vara a barriga
de fora adentro mordo as mãos da mulher
que me recita documentos e valores
e o essa é a vontade de deus
um deus de leis e vontades
que em mim se vinga

por uma eva e sua maçã
que jamais existiram

Coralina cresce
a água toda

eu espero
eu espero

a barreira de coral
se alarga
ela é uma sereia

feia?
bonita?

implacável com seu coração
de florezinhas petrificadas

meu corpo um mar desconhecido
furioso de nostalgias e quebrantos

es
go ta
men to
                    água-forte

o que é esta mulher?
o que é uma mulher?

me dissolvo lentamente
11 semanas
17 semanas

um homem diz
não mais que 20
já se vão 28

sou um experimento genético

um corpo que pertence ao estado
ao deus
à ciência
                    ao além

eu sei de cor
o esperar
o esperar

essa vontade que não é minha
e todo homem com seu eu te amo
e a cartinha contravenção

o eu te amo habeas-corpus
vindo assim da boca-
-documento sem tamanho

{eu te prendo
}eu me rendo

olha
Coralina
eu te amo

eu sei o bicho que me come dentro
eu sei eu sou uma mulher

5.

ESME

tenho a pele marcada
sangue pisado junto às unhas
uns roxos, uma escuridão

Esme gosta quando repito seu nome
Esme

lembra que não é lá tão fácil fazer escolhas
tão bem escolhidas

me deixa algumas moedas tamborilando o balcão de vidro
os barulhos das coisas são mesmo uma coisa
divaga

foi há muito tempo

bem antes de casar e não poder dizer
filho
esse não sou eu
e dói bem muito
dói lá no fundo
que nem quando os meninos te chamam de frango
de maricas

como no dia que acordei com você
Esme
e tinha o oco imenso entre as pernas

até concluir
que não me importava que me fizesse confusões
e as pessoas fossem demasiado tristes pra se encher
de curiosidades e risinhos

o seu corpo negro é o mais lindo

te beijei a boca quente

antes não
era tanto constrangimento o seu volume me roçando

não me tire isso

e passeamos juntas e de mãos dadas bem apertadas
rindo
rindo a melancolia toda
porque nada será como antes

ainda bem

tenho uma coleção bem bonita
em vários tons de encarnado

use
não é qualquer pessoa que se encarne assim de um tão encarnado
sem que seja uma farsa

menstrue pelos lábios
Esme

e pelos pés com tua sandaliazinha de criança
roubada da sessão adulta
ou de um brechó

podemos fazer troca-troca

a sua almofadinha vermelha de carimbar livros
e meus vestidos meus batons minhas sandálias

bem melhor assim
você tem estilo
ri dizendo
é vulgar sem ser sexy

é verdade

qualquer beleza
é bem melhor

em seu metro e noventa

até que o filho nos pega assim
abraçadas num beijo

e você chora ele
e você chora você
e chora todos os gurizinhos
que dançam num salto bem alto no píer
na escola e no mundo

até que o pai
te jogue num ringue

é tão macho

e ainda mais macho

sua cara imberbe
arrancando as luvas
botinas
essa maquiagem tão melhor que a minha

dança pra mim

te dou gota a gota meus hormônios

caso pudesse
um beijo nos teus abismos do peito

Esme
repito
que não te conheço esse nome
charlie
que me obriga o envelope
os documentos

Esme
teu nome é tão bonito
que riem de não poder escolher também um nome assim
tão bonito

tão mais que os seios ganhados
tão mais que o oco entre as pernas

você mulher
a mulher tão mulher e fêmea dos longes de ugarit

mas bem mais

toda a gente
que pode ser
e é
Esme

ïï

[minha fantasma]

minha fantasma

«Sim, eu não tenho senão uma língua, ora
ela não é minha»

desculpa, amor, não ter te ligado enviado o
bilhetinho às 19h30
o corpo da minha fantasma agoniza. me repito, eu sei
é sempre assim
gostava de poder te dizer uma a uma um monte de verdades
todas essas coisas que eu não sei emudeço
sempre mais.
gostava sim, é verdade, de te tocar e fazer aquelas festinhas
as pontas dos dedos nos pentelhos tão bonitinhos
atravessar a casa em chamas.
é sempre assim
digo coisas que não sei, o ó da raposa
as coisas mais bonitas tão presas cá dentro
uma jaula, uma língua, uma mentira.

uma mentira também esse sangue que me escorre, já te disse?
tenho pavor de remédios, cuspo-os todos, mas tomo este
sem prescrição que faz meu sangue ser uma mentira.
hoje um cara morreu fazendo, possivelmente, uma *shirsasana*
e eu com todos esses desejos, essa imobilidade, eu não.
eu não vou morrer assim.
quando você partir eu vou chorar tanto, mas tanto que essa dor absurda,
minha fantasma, vai me entupir todas as vias.
você já viu o mar hoje?
está cinza como o céu há três dias, tão bonito eu acho
eu acho que tá assim.
nunca fomos ao mar, reparou?
assim, bem ao lado, ladoalado. não. nada.
são 21h05.

cicatrizes imensas te cobrem o corpo, tão lindo tão lindo
eu aqui te sonhando, te querendo
e sem dar um passo. espera
um bilhete?
deixei seu número em cima da mesa são
umas passadas, mas não vou até lá. a lua é cheia sobre athenas
imagina como eu fico linda em creta?
a mais italiana fora da toscana, mais até que o bexiga.
ah, no quarto ao lado tem uma mulher-bicho louca
gosto de ter com ela o meu silêncio
ficar ouvindo seus chiados, grunhidos, minha ausência
as coisas todas que se arrastam tudo se arrasta,
vê?
fumo um cigarro de palha e lembro que você aperta bem muito
entre os dedos e a unha o filtro e isso me dá muita agonia.
esse nada, o telefone que vibra você
o barulho e o vento do avião que me deu

isso é tudo, meu bem.

07.07

*

minha última lembrança tua:

fui ao mar e não me afoguei.

deixei a imagem da gente que joga bola e nada e corre a me levar mais e mais longe.

dentro do mar é coisa linda. talvez dentro de toda coisa seja coisa linda, como a mulher-bicho ensanguentada, minha fantasma, que me põe a chorar e mesmo dentro das gentes mais perturbadas. dentro de você, minha fantasma.
eu dentro de você como coisa única.

daí veio o vento me trazendo. não o que e onde me traz o vento e essas paisagens de praia.

mas é mesmo uma pena não se afogar.

06.06

*

você não sabe, mas eu guardei duas embalagens de um bombom que você comeu.

você não gosta de doces, eu sei. sei que é mentira.

eu não gosto de frio e ligo o ventilador-avião no último pra poder me enfiar debaixo do lençol fino.

já me pesei quatro vezes e só comi chocolate gordurento de uma empresa nacional que não testa em animais. tinha amendoim.

quase podia sentir o sal da sua língua.

eu ainda não entendo porque você foge tanto se reclama que só quer ficar. é um limbo essa existência, minha fantasma.

meus músculos e tendões e dedos ainda doem tanto, mas ao contrário de você não me dá pânico. eu vou me afundar na dor como se ela fosse você.

ela é você. quando vomita o estômago quase vazio ou não tão cheio. quando agoniza o que não pode tocar.

eu não posso te tocar.

05.05

*

hoje a vizinha deu-me nos nervos. a campainha tocou um milhão de vezes.

não atendeu nenhuma.
que tipo de gente não atende um sinal tão insistente e urgente?

sei que ela estava lá. o crec-crec da rede e campainha todo o dia numa sinfonia de loucos.

lembro agora que também não atendo ninguém. não sei por que, minha fantasma.

04.04

*

hoje um nome me ficou pegado: magu. seria a vizinha

gritando?

não posso te perguntar, minha fantasma: dorme. há uma resposta lógica

para tudo. decerto

durante a longa vigília pesquei um pedaço de sono e delirava, minha fantasma, e seu corpo faminto é bem dado dela, quando vou ao banheiro ou quando

corto legumes, desanda a dizer coisas que não se atina.

me aproximo e grita ensandecida. e não há remédio senão deixá-la trancada espumando.

o médico diz que é isso que quer, ficar sozinha e em total silêncio.

quando nos conhecemos era um salseiro sem fim se quedasse um segundo de silêncio

- tenho medo!

mas éramos ainda tão crianças e cheias de energia.

magu. o nome me traz reminiscências muito indígenas, muito embora nunca tenha sabido do povo que também somos.

a pequeña fantasma não guarda nada em seu corpo que denuncie a pele vermelha, tampouco eu.

gostávamos de escutar os mitos, os modos de viver junto à terra e sem pressa.

isso sim havia em nós entranhado e era tão puro e bonito o desejo de seguir assim a vida.

onde ou quando foi que ela descobriu que o sonho de ser era melhor que sê-lo enfim?

agora vive assim nem um grãozinho de nada. a água tenho de embeber num algodão e passar por seus lábios ressequidos, estragados.

é, faz pena.

talvez eu seja magu.

03.03

*

minha fantasma dorme. olho suas pálpebras macias. não toco em nada.

seu corpo flutua massudo insaciado sobre a cama.

é tão magra. saltam ossos de cada junco. me diz tantas coisas quando dorme. é gorda.

não posso tocá-la assim tão longe, mas sinto a pele mole e quente esquizoide, as extremidades geladas nas pontas dos dedos.

é de uma lucidez absurda esse corpo que me dorme e fala.

não parece ser ela, mas a vejo sem esse mesminho corpo.

talvez seja eu uma fantasma delirando a mulher-bicho numa cama tão longe. a minha cama.

vem morar comigo, peço a quase implorar. tem suas invectivas nobilíssimas

- eu sou uma fantasma e meu pulso só não arde quando toco firme, violenta.

talvez devesse tomar aulas de violão e cantar também aquela música 'eu vou embora lálálá'. parar de olhar esse corpo que me despega do chão.

tenho tido pensamentos estúpidos, querida, como esses capítulos inteiros de romances inacabados em confeitarias, nas mídias e etcéteras.

penso numas frases enquanto ardo pela casa incendiada como se ainda estivesse no natal em natal.

era uma casa bem bonita, sabe, com sua gente que não posso dizer de tão gentil.

coisas estúpidas, querida, a sombra do mar são cavalos. o peso e as cores do silêncio.

quando você deixou de acordar comigo? quando desaprendi a ser tão

bem selvagem? fiz tantas coisas e tudo parece ainda por fazer.

minha fantasma dorme. tem as pálpebras claras como uma metáfora inusitada. como a minha vaidade.

cantarolo 'duerme negrita' tão baixo que não digo palavra.

o que dizer enquanto se agoniza? torço seus pulsos,

os meus pulsos.

e lavo os pratos e os chãos que pisou como coisa sublime 'pisa, pisa'.

masturba tanto o vazio a alucinar enquanto te digo em êxtase 'te amo, magu'.

minha fantasma sou eu, diz. é você, diz.

02.02

*

encontrei coisas estranhas escritas num bilhete, minha fantasma.

essa casa que dizem ser minha. de vizinhas que ouço dentro da cabeça como coisa que digo pra tornar real o real cá dentro. porque cá dentro é muito mais real que o que não vejo. existe um real fora de mim? um real como na poema do kadafi, chinita?

o mar e as bocetas e chocolates e meninos brincando de bola?

hoje eu não tomei nada. consegui beber um pouco de água. e sei que ser uma
fantasma pra ninguém, é ser uma fantasma pra mim.

tão mais real que as frases feitas dos fodidos enclausurados de todo canto.

eu não sei quem são essa gente.

mas escrevo minha fantasma. como se a minha linguagem pudesse ser entendida por toda a gente que diz que não penso e não sei palavra dizer.

minha fantasma vibra e seu corpo se me anuncia. o corpo de mulher-

bicho que uiva, uiva.

minha fantasma é magu. minha

fantasma sou eu,

01.01

*

minha fantasma me lê *reino dos bichos e dos animais é o meu nome*

porque sabe que é sim um bicho como eu

minha fantasma agoniza esse ser animal que não tem desejos pra os outros

que assim enjaulada espumando é puro o desejo

de voltar a ser apenas um bicho solto bicho do mato.

diz coisinhas como eu y tu somos coisa única

que toda mulher é uma clausura uma prisioneira um cachorro morto que se chuta

diz coisas assim enquanto lambo suas mãos tão frias

como quando abortava e a lambia os olhos aguados.

minha fantasma mulher-bicho tem razão nosso zoológico é o

mesmo

os testes são os mesmos

os homens da ciência são os mesmos e uiva uiva uiva

delira que bicho é gente.

iii

[sortilégios pra matar o meu benzinho]

bandeiriana, pensando em ratzel

almofala, almofala quanto
de ti falam.

quem te chamara linda
não me via os olhos d'água

\-   ria.

sem saber dizer,

1.

olho a sarjeta mais suja
qualquer um podia saber que não há menina
nesse chão sem ter sido um rastro de violência

olho a sarjeta mais suja
e sei que não posso voltar a pisá-la
dormir sob dejetos, restos de obras e cimento

a menina pisada é ainda outra e outra
a menina quem poderá dizer se nunca mais sair
da sala de psicopatologia – isto que é

chama, pedra, mãos, iml
é fraco dizer alguém
é fraco dizer animal

é tão fraco dizer os rasgos de toda história

2.

uma sarjeta é o lugar onde se deixar uma menina
uma menina é um ser vivente, um ser vivente é
esse que se atravessa e mata e nunca existiu

não vou mais pisar a sarjeta de quando era uma menina
sob as mãos do pai, do outro e do outro
todo e qualquer desconhecido

um senhor me pergunta se foi um poema que se salvou
como sede de qualquer morada
o claustro, senhor, não pisar qualquer chão

ser encarcerada é um ótimo ataque, lê-se numa vala

3.

a rua lá de casa é um aguaceiro pronto
a pisar, cair, uma abertura pra o fim do mundo
o fim do mundo acontece

cinco vezes por hora a cada onze minutos
é quando um ser vivente se converte em menina na sarjeta
sob as mãos de um, qualquer um ou trinta que é mais que gente

mais que gente não é um monstro
um monstro é mito ou é beleza
não existe beleza quando uma menina está na sarjeta

eu nunca mais vou à sarjeta, mas olha:
está cheia a sarjeta de outras meninas
eu sou ainda outra, uma menina que não pode ser mais

atravessamento- violência-- fim---

onde estaes, negra?

1.

nasci antes da poesia
sacramento é como terra cerrada
como canindé ou qualquer canto
aborrotado de negros
lamento encontrado nos lixo
o menino jesus tá veno
vê que muita gente faz as coisa ruim
em causa de frio e fome
até os penico de merda que me jogam
das veiz inveja também
mal compreensão
magine se num sabem nem lê
queria mesmo é ser cantora e atriz
sei escrevê e sei dizê a boa língua sim
mas bão é assim fagulha na língua
português gostoso sem contrato e casamento

tenho fome tenho frio
as criança geme
sei mais que dizê não
u'a dor no estômgo
engole toda outra
ugolino e seus fio
fome de tudo dona
o amor faz bem
uso droga não
eu sou a palafita
a lata e os papelão
o rio e o rato
"saiam ou eu vou colocar vocês no meu livro"

2.

a negra é ruas
as palafitas bonitinhas
escandalosa em seu silêncio de cárcere
uma ondinha vinda com um cargueiro
e caranguejinhos cheios de febre
você viu os mosquitinhos invisíveis no ano-novo?
picavam
pica o fumo
pica a fome

a negra é sem caso
sem casa e a penquinha de filhos
escorrendo o sangue
uma casinha tão bonitinha de palha
de porquinho que leva a vida na flauta
instrumento barato esse
o outro não
piano de cauda
virtuose e concreto
sabe o que faz
sabe o mérito?

a negra é a selva aberta na pele
com os espinhos e os bichos
paraíso e inferno
aqueles tantos sem nome feito negra
pequeninos imundos
gigante a besta fera & sono
você já sentiu hoje qualquer coisinha
como formiguinhas carnívoras nos dedos?

a negra é um terreno baldio
cova rasa mais que cemitério
e essa voz de fantasma insistente
que não te mete medo
fotos carcomidas pelo tempo bom deus
carcomidas germidas co's entulhos
e sacolinhas de mercado jogadas do alto
do hollyday ao são pedro
rasura na paisagem
já quis ser a faca que pudesse agradecer
ter sido largada ensanguentada
junto à ferrugem dos dias?

a negra é toda livros
empilhados de qualquer jeito
sem estante e muitos olhos
em branco
no barraco na calçada
bordas enegrecidas
uns lombos lombadas de se fazer poema
amassados rasgados usos muitos
esquecidos raros
já foi da escritura a própria pele
atravessada pela tinta e o mau-cheiro?

a negra é carolina
mares se abre
salto
afogamento
as entranhas da mulher
a barba do homem
maria
de jesus

laura & beatriz

work in progress pra adelaide ivánova

semana passada neymar fissurou o pé
e desfalcou o *paris saint-germain*
o jornal de ontem com a foto do craque
em tamanho natural na capa
cobria o corpo de laura & beatriz

laura & beatriz namoravam há três anos
estavam juntando dinheiro pra comprar
uma casinha só delas e nunca mais precisar
se esconder fora de casa

ontem, 5 homens estupraram
laura & beatriz perto do canal
semana passada a polícia matou
laura & beatriz quando disse
que a culpa era delas
há 3 meses os ex-maridos mataram
laura & beatriz quando as espancaram

ontem toda a gente matou laura & beatriz
quando filmavam a violência transformada
em cena pra upar no youtube em troca de likes

a vida inteira homens e juízes mataram
laura & beatriz

e vocês?

fragmento, 2013

ah, dandara tinha cabelos tão lindos quando morria
o dourado cintilava cada fibra de encanto com deus

aquele homem que colocava sete árvores
de heine à luz da porta

- você é tão má para mim, dizia
quando acenava seu melhor sorriso

a saliva de dandara diminuía quando morria
e lhe deixavam o dinheiro sobre a cama

barcarola mulher

toco teu rosto
tão lindo tão seu

inominável teu rosto
jamais tocado

inominável teu rosto
cravejado por nove balas

toco teu rosto
e sei o que diz

inominável um rosto
cravejado por nove balas

- mulher não saia de casa
- mulher não a essa hora
- mulher não favelada e negra
- mulher não mãe de rua
- mulher não metida em política
- mulher não com outra mulher
- mulher não com outras
e outras e outras e outras e tantas
- mulher não com todo esse poder

toco teu rosto
inominável inatingível

sejam balas ou canhões
além o tempo e qualquer homem

- mulher seu rosto marielle
- mulher enfim

inominável
me toco

das vezes que me tornei branca

da primeira vez
não dei por isto ou aquilo
uma pá de cal
tão branquinha
atirada pelas criancinhas
como flecha
cabelo de repolho bozo
esquisita suja fedida

e a vez de querer muito muito forte
esfregar o tijolo na cara até a carne se saber a sangue
sangue azul sangue branco

cresce cresce cresce

nove aninhos
ai ai ai
que peitinhos mais lindinhos
ai ai ai
que bunda tão grande como pode sem celulite
ai ai ai
já pode aprender usar a boca
ai ai ai
que virgindade mais apertada
ai ai ai
que mulatinha tão gostosa
ai ai ai
você é tão inteligente pra sua idade
ai ai ai

pode pode pode
você quer leitinho?
olha que branquinho

cresce cresce cresce

as vielas na periferia
o campinho de futebol
a goela seca

não cotas não
sim samba sim
sim chapinha sim
não raiva não

cresce cresce cresce

oi amiga
não hoje não
oi joana
sim hoje sim

uma luta maior que a outra
uma lata mais vã que a outra
bares caçambas papel picado absorvente

cresce cresce cresce

NOTÍCIA DE JORNAL
hoje na jornada de arte negra
a poeta x
a novíssima literatura negra
pra ser lida nas escolas

SOU NEGRA
SOU NEGRA?
SOU NEGRA!

cresce cresce cresce

os beiços imensos roxos
os bicos dos peitos pretos
o pixaim armado
a vulva roxa
os bisavós escravos
o avô fugido da servidão
uma avó tão branca

neta de quem?

se me querem por fêmea
NEGRA
se me querem por intelectual
MULHER?
se me querem por profissional
HETEROCISGÊNERA
se me querem por escritora
BRANCA
se me querem
COSPEM OS LÁBIOS LIVRES

cresce cresce cresce

o homenzinho violenta a mulher
digo porque sim ela é mulher
ele diz ninguém estava dentro do quarto
sou negro sou negro você é racista
poetisazinha de versos de merda

e ainda uma índia a voar
paloma negra

PELOS ARES COM SEU SANGUE PODRE

cresce cresce cresce

da múltipla vez
não dei por mim
estava a gaguejar um verso que me martela
TERESA TERESA TERESA
uma avó esquecida de tão negra
um poema tão macho um poema tão arraigadinho
que qualquer poema só sabe dar bandeira

a filhinha chora
meus beiços meus pelos meus cabelos meus peitinhos minha história
e essa maldita pele tão branca

a poeta x negra é invisível pra todos os machos
a poeta lésbica branca é alvejada por todos os machos
as mulheres são odiadas por todas as instâncias
ó por todas as feministas

da última vez
disse sim

mulher
mulher negra coberta das poemas mais ternas das poemas mais raivosas
das poemas mais poemas porque sim eu quis assim
a poeta negra
A IMENSA POETA NEGRÍSSIMA

sortilégios pra matar o meu benzinho

tenho uma escova de cerdas macias, como nuvem, como pixaim.
agradáveis ao toque como meu corpo quando dói e cai a água fria.
a escova guarda muito dos meus fios. toda sexta-feira junto-os todos, fazendo um grande cocoruto de pelo algodoado.
sexta-feira é também o dia que o pai chega de viagem. é caminhoneiro e nunca escova os cabelos. gosta de se dizer o homem da família, ri bem alto demarcando sua existência na casa, em nossas vidas.
sento na beira da cama. o quarto não tem porta. da poltrona da sala me olha como me olham seus amigos quando aparecem para beber, como me olha o professor e o médico. o mecânico da bicicletaria e o padeiro.
aperto as pernas bem firmes e tento manter no rosto a suavidade de cada escovada. penteio até que o braço doa, até que o couro da cabeça doa.
uma escova cheia dos meus pelos.
quando já é tarde da noite e a mãe deixou toda a louça limpa, chão limpo, carne curtindo nas bacias com banha, alho e sal, do jeito que o pai gosta, viro para dar boa noite, mãe.
o pai ronca alto e um cheiro forte de álcool envolve a casa pequena.
agora todos já dormem.
retiro um a um meus pelos da escova, enrolo meu cocoruto. o maior que já fiz. o pai sempre diz que uma mulher com pelos é uma mulher nojenta.
pego a lâmpada que escondi entre as calcinhas e a esmigalho firmemente, enquanto ouço na cabeça os choros abafados de mamãe, o som grave do punho do pai em suas costas e o engasgo profundo e seco.
esmigalho até que seja puro pó em minhas mãos que sangram, puríssimas.
arranco a carne da bacia e estraçalho um pedaço, recheando-a com meu cocoruto de pelos e o vidro moído.
recito baixinho as palavras mágicas de mamãe: só teremos paz quando ele morrer.
fecho a carne, como costurando a minha.
beijo o pedaço ensanguentado.
eu sou judas.
salomé.
me beija.
me come, papai.

salmo negro

para m.

ninguém viu além a foto do poeta
publicada na revista duzamigus

em festa um milhão de exemplares
grátis pra fazer vibrar até feministas

a mulher recolhida num arrozal em neve
de grão em grão recitava em seu silêncio

eu sei porque o pássaro engaiolado canta

nenhum trovão nenhum perdão

os sinos das catedrais continuam
a badalar todo dia à hora do angelus

25 horas de festa

o mundo condecorava o grande poeta
quando mais uma mulher morria

iv

[sereia no copo d'água]

fragmento, 2015

fazer a curva baixa. 'malu você não parece muito animada e vai comer uma coisa deliciosa'. é muito difícil desfazer as malas e ir morar tão longe. prego os dedos nos dois olhos pra sentir o coração bater a respiração continuar e ouço um ahhhh. do calor do enfado da vontade de correr e fugir e partir. é tão triste mas é verdade mãezinha. ela vai partir e todas constelações continuarão lá no céu até quem sabe talvez depois de uma nova névoa e fim e quem sabe talvez de novo respirar o coração.

em lugar de exame

pergunto a *un enfant terrible*
se tudo que move é sagrado
o que é o que não se move

ouço plantinhas insultadas
pego na concha das mãos
plantinhas y plantinhas

como um corpo que não aguenta mais
pergunto a *un enfant terrible*
como ser desde a imobilidade

meu ventre vai mal, alagoas vai mal
o jaburu vai mal, ladeirabaixo é o pixo
mas olha, ondas de amor me invadem

brinco de estátua e digo
se mexe rauuullll

sereia no copo d'água

leio 'changing diapers'
cada verso me detém tua visão bebê nadador
– nadadora? nunca terá um sexo que te definha
o índio geronimo me aparece enquanto agonizo tua visão
[antes da queda

por que voa, tupã?
pra onde quer ir tão fundo n'água
se meu corpo te prende todo líquido?

voaríamos muito além essa cidade submersa
casinhas com jabuticabeiras, bancos cimentados
galinhas que ciscam a generosidade e nos dão seus filhos-ovos

te dei meus melhores ovários
- o melhor é o desejo, essa vontade e potência

me foge água, sangre
pedaços por entre as pernas
essa dor mais dilacerante que o parto da tua irmã

nada por entre os meus fundos num rasante até o fundo da privada
tão longe parece o esgoto e visto daqui em nada parece uma roseira
meus olhos são seu líquido amniótico
seu mergulho que me dói o corpo torna real o dilaceramento que brota
do coração. rasga o ventre da tua mãe, tupã!
rasga esse corpo ex-prenhe que te prende!

"ausência de batimentos cardíacos"
o que faz teu coração que não bate
e me bate, me bate?

ponho as mãos no coração
só posso escutar o naufrágio correndo pelos olhos
- escuta! minhas pernas bambas te esperam

te vejo o mergulho, bebê translúcido-encarnado
tem o tamanho da palma da minha mão mais bonita
teus braços e pernas incompletos dão forma
ao último painel do jardim das delícias
se fecho o tríptico o mundo se me fecha
fecho os olhos
choro tão alto a convulsão
mãe no copo d'água

afundo a mão no sangue
minha vagina dói tanto
- oxalá pudesse conceber a poema mais feliz de se dizer boceta
te afundo a mão no sangue
até as mãos o todo sangre
bebê na palma da minha mão mais bonita
te mergulho nessas lágrimas o copo mais cheio

não te dou a vida
também me a perco
os peitos se me derramam
ardo, rasgo a noite, atravesso o dia
e você é o pássaro que me foge o corpo-jaula
eu-jaula não me converto pássaro
abro a boca

tupã. tupã. tupã.

por que me voa se tenho os pés pegados na terra árida?
por que me voa se a jaula se me fecha?
ardo, rasgo a noite, atravesso o dia
e deliro que frutos muito amargos se misturam às minhas
vísceras em maus-augúrios
abro a boca

tupã. tupã. tupã.

metade de mim morre quando homédico me diz aborto
metade de mim morre com tua visão de mergulhador da privada

e voa, voa pássaro coração-de-pedra. nada desse corp'água
nada mais que até o fundo
nada mais que longe das crianças que sonham leites
nada mais que ao largo da palavra mãe

você me deixa. você me deixa. você me deixa.

o delírio me cobre os olhos
estou dormindo?
não temos a casinha, as jabuticabeiras, as cabrinhas

não te seguro mais
mergulha e voa até o fim
nada mais que até o fundo
desaparece o corpo, eu também sou essa dissolução
a sombra da tua sombra

a grande mãe da noite vem me visitar
estou dormindo, mãe?
que posso ser agora se não posso te ser a mãe?
a mãe imensa abre a boca da noite
é um copo
eu sou sua mulher
sereia no copo d'água

thank you for your love

[agonizando meridiano iii]

verteu-se puro ácido meu bebê
seus olhinhos tão pequenos ainda
estilhaçados no berço de ouro
que preparei com as flores as mais selvagens
as mais ternas

crueldade de um útero
triste útero do mundo
que perdeu todas arcaicas cantigas
incantáveis

meu pequeno bebê
desmoronou-se de mim em sangre

depois d'o poço

primeiro é um coágulo só
e o coágulo vai entrando na gente
e a gente vai entrando no coágulo
e o coágulo já é mais e mais, olha

o travesseiro molhado no chão
os azulejos quebradiços no banheiro
sangue sangue sangue

aquela lamaceira toda, bruna
como um poço um fundo de poço
um poço sem fundo um espelho
manchado transparente atro breu

coágulo ainda tudo
um aroma um endométrio que abraça
te abraço co' esses ossos ah

uma paz quase terrível

//

que estranho chamar-se mãe
ter um corpo que dissolve
até um outro e já não é

um casulo que se abre pra vida
pra onde o tudo se transfigura
ao mistério até o entre e o fim

capa de tratados
- um milagre é a vida

as gentes todas se avolumam
sobre o corpo choram o corpo

a vida se desfia carpideira
uma performance faz a morte

esse onde   esse sim   milagre

depois de uma poema sobre a água

teu jeito de te silenciar na queda
como um pequeno buda
como a uma poema

me abrirá para sempre
até os longes
como uma flor na água

- uma flor que é um lamento
das mães sobre os filhos
mortos nas quebradas

- uma flor que é o único riso
das mães que pariram seus filhos
sob a fumaça de auschwitz

nunca saberei fora do amor
o que só sabe um pequeno buda

me deito em tua água
me abre, me abro

me volto da água
em tua terrível delicadeza

de quem sonhou e quis voar
e voou

v

[prólogo]

‘quem já viu um coração de perto sabe que se parece com um punho ensanguentado.

e um estômago. e um útero.

[toda mulher é uma poema]

[posfácio]

Talvez dentro de toda coisa seja coisa linda

Sentada em um sofá azul, garrafinha azul com estampa de peixinho, cada diminutivo, Nina, me fazia vibrar um pouquinho. Pensava: vamos roubar os diminutivos, Nina, vamos fazer uma casinha, as cabrinhas nos esperam. Nina, que mulher nunca sonhou com a paz de uma casinha e uma árvore que faz perder a noção de altura? Uma árvore que não signifique uma queda, uma árvore que não signifique muito, uma árvore que seja só uma árvore. Você, sereia no copo d'água, e eu que sempre choro quando chego na jabuticabeira.

Sentada aqui, caneta em punho, como é um punho nosso coração, te li inteira, Nina, em voz alta. No som alto como nas tuas poemas, que gritam e gemem, me peguei me perguntando qual entonação dar aos teus ahhh, como acentuar magu. Mas teu livro é plural, Nina, são tantas as vozes, logo você, uma tradutora, em plena tradução para dar vazão a esse imenso oceano no copo d'água. Em posse de tua água e da tua língua, fiquei me sentindo Esme, Claire,

Carolina, Marielle, Hollie, Ivonka, Bruna, Adelaide, fiquei aqui sentindo como se pedindo ao artesão mais uma poema dentro dessa infinita matrióchka. São cinco as partes desse teu livro, uma dentro da outra, como de fato essas bonecas russas, pintadas cada uma à sua maneira, são.

Tantas foram as mulheres que se abriram nessa imensa mina de água que você escreveu aqui, Nina. Enquanto te lia, pensava no que escrever, ao mesmo tempo em que pensava em tantas poetas que caminham ladoalado, levantando voo com você, escritas nestas páginas que alguém, agora mesmo, folheou. Pensei no formato que daria vazão aos longos minutos quase horas lendo tua língua e concluí que, Nina, quero te ser próxima, quero nadar contigo. E nessa de pensar na proximidade, me sai assim uma carta endereçada a um verso de uma poema. Dentro de toda coisa marcada no teu livro, um verso. Por vezes rindo, por vezes chorando, mas de uma só vez, mergulhada no mar do seu copo d'água.

Chego ao final pensando nesse dentro tão lindo, na disposição que teríamos, todas juntas, de abrirmos ainda mais mulheres e vermos saindo de nós ainda mais mulheres, com outros nomes, nomes que nós escolheríamos, uma matrióchka de um metro e noventa, indo de dentro pra fora, cada vez maiores, nós, as mulheres e toda mulher é uma poema, sim, Nina. Eu pensei tanto que achei que deveria escrever mais uma poema, e outra poema e outra poema, coisas lindas umas dentro das outras, porque tua sereia, Nina, de dentro do copo d'água, grita nomes como se fossem ligados por um fio invisível, um grande cardume de peixas, a ler em voz alta tua língua de tradutora. Tuas poemas, Nina, um documento.

E me pergunto agora, Nina, se ao invés de um artesão, fosse uma artesã a esculpir matrióchkas, seria diferente nosso destino?

Estela Rosa

revisão
Cláudia T. Alves
Rodrigo A. do Nascimento

projeto gráfico
Bruna Kim

capa
gravura original de Helena Freddi

fontes da capa
Bell MT e Sansita

www.ediçõesjabuticaba.com.br
www.facebook.com.br/Edjabuticaba
instagram: @livrosjabuticaba

Dados Internacionais de Catalogação na Publicação (CIP) de acordo com ISBD

R627s Rizzi, Nina

Sereia no copo d'água / Nina Rizzi. - São Paulo : Edições Jabuticaba, 2019.
86 p. ; 14cm x 21cm.

Inclui índice.
ISBN: 978-85-93478-15-4

1. Literatura brasileira. 2. Poesia. I. Título.

2019-750 CDD 869.1
CDU 821.134.3(81)-1

Elaborado por Vagner Rodolfo da Silva - CRB-8/9410

Índice para catálogo sistemático:
1. Literatura brasileira : Poesia 869.1
2. Literatura brasileira : Poesia 821.134.3(81)-1

ISBN 978-8593478154

Este livro foi impresso na gráfica PSI7, em papel off white soft 80 g/m² (miolo) e cartão 250g/m² (capa) e composto em fonte Garamond.